夜の水平線

津川絵理子句集

ふらんす堂

MMXX

句集／夜の水平線／目次

句集　夜の水平線

二〇一二年

山の音太きつららとなりにけり

断面のやうな貌から梟鳴く

底冷や落として遠き鈴の音

魚は氷に上りウクレレ風に鳴る

思ひ出すために集まる春炬燵

流し台乾きし午後を鳥帰る

二の腕のつめたさ母の日なりけり

日蝕の風吹いてくる蝿叩

むきだしの土壁に梅雨来りけり

梅雨寒し造花いくつも蕾持ち

近付けば雪渓暗き眼をひらく

碑文いま影を失ふ油照

巫女それぞれ少女に戻る夏の月

柱よりはみ出て蟬の片眼かな

近づいてくる秋の蚊のわらひごゑ

大楠の木洩れ日粗き九月かな

受話器置く向かうもひとり鳥渡る

秋祭終りて家に戸の戻る

おとろへし太陽を負ひ秋の蠅

声たてぬ猫の遊びや枇杷の花

落書のペンキが飛んで冬野かな

金盥ぐわんと水をこぼし冬

行く年や諾のひとこと投函す

二〇一三年

餅花に集まるごとく相席す

若狭より電気の届くふきのたう

猫の恋映画館裏ありしころ

鎌倉の立子の空を初音かな

生きのよき魚つめたし花蘇芳

春雷や塔のかたちの真暗闇

春闘のひとかたまりの三人来

甲板の雨すぐ乾く立夏かな

夏来る真珠に街の光あり

若竹や和菓子のひとつひとつに名

「富士の間」といふ天空の夏座敷

同じ味して七色のゼリーかな

橋脚は水にあらがふ夏燕

万緑や礼をするとき目をつむり

梅雨深し猫のからだをめぐる縞

名を書いて形代の裏ざらりとす

夏の山ブルドーザーの黄の孤軍

黙考の大金蠅は打ち難し

大南風塵のなかから雀飛ぶ

峰雲や応援ときに嘆きの声

麻服をくしやくしやにして初対面

帰路はよく話す青年韮の花

斜めにも揃ふ千体仏涼し

賀茂茄子のはちきれさうに顔うつす

男らの胸が押しゆく藻刈かな

暮れかかる空が蜻蛉の翅の中

秋思ふと栴檀の樹に雨真直ぐ

秋の虹干すときも靴そろへられ

鳥渡る足場の中にわが家あり

欲しき本無けれど書肆に秋惜しむ

マネキンにひとつ灯残る夜長かな

削られし山の垂直風花す

時雨るるや新幹線の長きかほ

鴉呼ぶ鴉のことばクリスマス

息ながきパイプオルガン底冷えす

二〇一四年

初電車しみじみ知らぬ顔ばかり

たどりつくところが未来絵双六

冬虹や鞄に入れしままの本

雪原の足跡どれも逃げてゆく

春近しららららとうごく鳥の舌

春浅し日にひと匙の鳥の餌

托鉢の尼僧と対ふ余寒かな

春寒し順番を待つパイプ椅子

止り木に鳥の一日ヒヤシンス

墨当てて硯やはらか百千鳥

芝桜今日いくつもの披露宴

あたたかやカステラを割る手のかたち

ほどきたるネクタイ長し花菜漬

品書を仰いでをりぬ春灯

呼鈴を押す夏帽子二つ折

マンションの木々みな若し愛鳥日

狂ほしき犬の挨拶アマリリス

玄関に犬の匂ひや夕立来る

看板の隙間看板梅雨深し

濡れ砂を刺す夏蝶の口太し

珈琲にうかぶともしび夜の秋

吾を映すあたらしき墓洗ひけり

訊ねたきことをたづねて紫苑濃し

円卓の向かひの遠し秋薔薇

タランチュラなめらかに来る夜長かな

猿石は祖の顔して冬あたたか

凩や灯らねばビル無きごとく
日短か雀が雀ねぢ伏せて

胸に挿す造花の光十二月

湯ざめして誰か黙れば誰か話す

二〇一五年

火の中の釘燃えてゐる追儺かな

立春や野に触れてゆく鳥の腹

春寒き死も新聞に畳まるる

水彩画二月の光塗り残す

菜の花や釣人の来る喫茶店

甘露煮の醜きかほや春の暮

雲中をすすむ月蝕西行忌

鯉の吐く小石の音や雛祭

雨の日の雨の窓ある雛かな

若芝や人の背丈のスピーカー

宿の子の四人出て来る柚子の花

驟雨あり船上よりの投句あり

クレマチス月の表面よく乾き

休日の身体日除の黄に染まる

レコードを選る涼しさの指二本

蟻と蟻火花の如く探りあふ

立膝に島を見てゐる土用干

元号にむかし亀の字茄子の花

今日何も運ばぬコンベヤー涼し

先生の鉛筆の文夜の秋

ペリカンの飛ばぬ肩幅秋の風

押入れの空気出てゆく菊日和

箒目を乱し菊師の来てゐたり

壁の罅つながつてゆく冬隣

冬に入る古墳は水に囲まれて

銀杏落葉楽器を持つて集まれり

返り花盲導犬は犬を見ず

冬の雲疾し一本の電話のあと

聞香のひとりは僧や初氷

ひと言に血のめぐりだす竜の玉

二〇一六年

引力は血潮に及ぶ鏡餅

古暦日の差して部屋浮くごとし

金屏風話上手の人ばかり

大寒や墨あをあをと筆のぼる

雑木の芽昆虫館の窓くもる

余寒なほビルにはりつくビルの名前

春雷や版画の太き白と黒

剪定のすみし日差しに猫眠る

春霰や庭木の頭みな丸し

竜天に登る音無き雨の山

初蝶やスカートのなか脚うごく

髪切つて夕べとなりぬ芝桜

春雨やブーケの茎のひと握り

庭の無きモデルハウスの日永かな

花梨やひとりに開く美術館

雲が雲呑むしづけさの金魚玉

父の日やパレットに絶海の青

大夕立トタンの凹む音したり

大南風アルプス席に人はりつく

たて笛の一列の穴夜の秋

秋近し牛の尾にたつ土埃

蜻蛉すいと来て先生の忌日かな

遠くから象舎のにほふ厄日かな

かなかなや内より壊す一軒家

街角に星を売る店火恋し

ハロウィンの星の出てゐる交差点

鳥籠に青菜絶やさず文化の日

冬ぬくし吹けば無毛の鳥の腹

一行の一語の一字冬に入る

手相図の線みな太し冬あたたか

鬼も飲む腹の薬や小六月

小春日や如意棒仕舞ふ耳の穴

ジェット機の音捨ててゆく冬青空

冬薔薇満場一致とはしづか

年用意鏡の中のものの正し

歳晩の嗚咽が映画館の闇

仕舞はれて屋台一塊冬の虹

二〇一七年

春近し屋根よりのぼる海の星

青空の雲梯をゆく冬木の芽

園庭にひしめく遊具寒茜

春を待つ手足の長き経絡図

機関車の膚寒明けの雨弾く

旧正や海のにほひの夜の雨

襟にも入る春の霰に追はれけり

春の虹壁薄さうな家並ぶ

春愁やアンモナイトの耳飾

鳥覚めてゐる鳥籠の朧かな

馬の瞳に映る全身木の芽風

永き日の桶をあふるる馬のかほ

春塵や馬が齧りし厩舎の戸

ちよいちよいと味噌溶いてゐる桜どき

表札の「若竹」「泉」うららけし

下駄箱に入る地下足袋夏近し

母の日や砂洲を消す波いちまいづつ

子役ひとり立たされてゐる夏野かな

浮島の吹き寄せらるる薄暑かな

六月や沼に花散るいぼたの木

夏の空吹き矢に息のかたまつて
香水や土星にうすき氷の輪

映写口の塵きらきらと梅雨に入る

梅雨寒しシアターの席立てば閉ぢ

晩涼や原田芳雄の煙草の火

天井にはみだす映画夜の秋

靴紐のあまたの交差日の盛

雲の峰サンドバッグに音溜まり

白南風や回して伸ばすピザの生地

揚羽蝶アラビアの文字炎立つ

刃を当つる荒砥の音の暑さかな

氷水もうその人の話出ず

擬宝珠の花や昔は紙揉んで
墨痕に漆黒の核夏終る

祖母の声飛んで来さうな青蜜柑

口のなか舌浮いてゐる鰯雲

星月夜刺繡の裏を糸奔り

左利き同士並びてラ・フランス

冬近し一書へかがむ膝頭

木の実降る一頭づつの馬の墓

冬晴や草のいろなる馬の糞

冬うらら厩舎をホース一巡り

枯すすみをり馬磨き馬具みがき

水を飲む馬の眼張りぬ冬の山

踵までひらく長靴冬木の芽

祖父を知る魚屋の来て石蕗の花

鍋敷の小さき年輪笹子鳴く

鉛筆の祓はれてをり返り花

小春日や尾生え脚生え龜てふ字

遠ざかる写真の日付枇杷の花

寝ころんで選ぶ枕や初霞

凍雲ゆくジムの鏡に構へをり

風花や回して小さき月球儀

人を待つコートの中の腕まつすぐ

病院の廊下つぎつぎ折れて冬

二〇一八年

夕暮の灯をあつめたる筆はじめ

引き絞るごとき夕陽の三日かな

成人式ビニール傘の雨の艶

鏡餅開くや夜の水平線

白鳥の大きな翼月に反る

寒の雨指太く封破りたる

開きたる嘴に青空寒鴉

風を生むフラダンスの手春隣

下駄箱をあふれし靴や鬼やらひ

ものの芽や年譜に死後のこと少し

三人の舞妓別るる余寒かな

カーテンのつつむ雨音二月尽

春雷や水晶くらき多面体

缶蹴りの影ぱっと散る夕桜

漣の無限の網目鳥の恋

鳥雲にずらりと同じ吊り広告

子の歌の裏声に春惜しみけり

柿若葉磨る墨に指映りゐる

食卓に置く来信や夕若葉

家中を夕風通る豆ごはん

灯をひとつ点す朗読夏夕べ

タンゴ・バーから青蔦の螺旋階

鴉より小さき人や山若葉

麦秋や歯車詰まる腕時計

日めくりに透ける次の日花石榴

ギター売る隅にウクレレ夏の月

噴水に照らされ父の顔となる

釣り上げし魚飛んでくる花萱草

杉山へ竹ひろがりぬ夏の雲

駅を出て宇治川にほふ燕の子

占ひのはじまる机夏の雨

印泥に象牙の篦や梅雨兆す

長雨や壁の蛾の息すこし浮く

ネオンの字連綿として梅雨深し

夕虹や紙の棺に木の墓標

青時雨小鳥のための経よめば

野の鳥に老いたるは無し梅雨晴間

葉桜やもう鳥をらぬ籠洗ふ

正門のあるにはありて木下闇

銭湯の屋根草黒し雲の峰

坂暑し一人ひとりの独り言

宮城道雄記念館
並びたる琴柱八十夏の蝶

テーブルにふたつの会話百合匂ふ

夏芝の針の光や休館日

付箋剝がし書き込みを消し晩夏光

車のドア草押しひらく墓参かな

吾に来る封書のわが字稲光

こほろぎや滑り台てふ夜の川

踵から正す骨格雁渡し

轟音の飛行機に吾秋の暮

木犀や自転車のまだ傷持たず

眼鏡掛け替へてこの彩菊膾

ビル四面山を映せり走り蕎麦

実印を六つ捺したる夜長かな

山茶花や深山へ移る鳥の声

薬草といふ冬萌に目を凝らす

笹鳴や許六にならふ芭蕉の絵

冬薔薇鉛筆の線かたく光る

エプロンにポケットひとつ年用意

吊られたる大筆売れし十二月

聖樹に灯仮の家族として仰ぐ

あくびして涙ふたすぢ年の暮

自転車の横切る野球日脚伸ぶ

二〇一九年

笹鳴や蛇口の下に靴洗ふ

信号旗船を迎ふる四日かな

冬泉のささやきに人集まりぬ

寒晴や後れ毛のなきバレエの子

交通課地域課同じ寒灯に

黒豆の沈む一夜や春隣

老僧に丁字の香日脚伸ぶ

立春や腕より長きパンを買ふ

ちよつと腰浮かす挨拶シクラメン

枝移りに山雀の来る雨水かな

水取のはじまる竹を置く日向

あたたかや鹿せんべいの紙の封

人力車連なり休む竹の秋

春の雷螺旋に貝の生身満ち

クルーザー陸に売らるる日永かな

長き脚曲げて鍬鑢教へけり

春風や弾力で立つ竹箒

リラ冷の夕暮の来る椅子の脚

空をゆく木のこゑ四月終るなり
ぬかるみのうすくひかりぬやぶでまり

がまずみの花やことばも雨の音

余花の雨うすき芯ある油揚げ

自転車とつながる腕夏はじめ

新緑や乗馬ズボンの尻ゆたか

葉桜やここから発つと移民の碑

金塊に沸きたる町も麦の秋

柿の花仰ぐ今年は子を抱いて

飼鳥に命日ありぬ梅雨の月

床深く映る壁の絵梅雨に入る

梅雨晴や潜水艦へ観光船

山水と蠑螈を入れて瓶曇る

大雨のあと沢蟹の来てゐる戸

小鉢にも大小ありて梅雨晴間

水に浮く水鉄砲の日暮かな

厚かりし祖母の足爪蚊帳吊草

朝曇子のたんこぶに集まつて

そこここに水輪おどろく半夏生

亀の子の練習船に飼はれけり

白南風や図鑑カバーも帯も失せ

捕虫網ひとりふたりと付いてくる

汗うかぶ鼻男の子女の子

子を先に歩かせてゐる夕涼み

タクシーが掌へ来る日の盛

ほほゑめる主賓遠くに夏料理

晩涼や毛氈敷いて落語会

坊つちやんに清ついてゐる夜の秋

螽斯鋳ごゑ高き誕生日

自転車の子の戻り来る辻祭

葛咲くや山気しみたる厠紙

鷺の脚水面を切る秋思かな

九月来る鏡の中の無音の樹

水澄むや余白のつなぐ掌篇集

鹿の声ひそかに水の湧くところ

触角の先までひらく秋日和

秋風や人避けてゆく迷ひ犬

盆栽は鉢を出たがる柿日和

冷やかや空に別るる鴉たち

古本に男のにほひ秋深し

秋霖や己を摑むロダンの手

ポケットの木の実の中の鍵探す

星飛んで巨きな墓に王ひとり

サーカスのうしろ船ゆく鰯雲

短日や紙鍵盤に指の音

包丁の放り出してあり鮪市

地の果がすぐそこにある虎落笛

極月の炎ひらりと肉に乗る

山茶花やある日の庭に三輪車

オリオンの広き胸ゆく明日も晴

あとがき

日々の暮しのなか、ささやかだけれど心に留めておきたいものがあります。それらを俳句にしてきました。読んでくださった方々に御礼申し上げます。

今回も戸田勝久さんに装釘をお願いしました。家族、わが家にやってきた鳥や虫たちにも感謝します。

二〇二〇年八月

津川絵理子

【著者プロフィール】

津川絵理子（つがわ・えりこ）

1968年生れ
1991年「南風」入会
鷲谷七菜子、山上樹実雄に師事
句集『和音』『はじまりの樹』

句集　夜の水平線　よるのすいへいせん

二〇二〇年一二月一日　第一刷　二〇二一年二月二三日　第三刷

著　者――津川絵理子

発行人――山岡喜美子

発行所――ふらんす堂

〒182-0002 東京都調布市仙川町一―一五―三八―二F

電　話――〇三（三三二六）九〇六一　ＦＡＸ〇三（三三二六）六九一九

ホームページ http://furansudo.com/　E-mail info@furansudo.com

振　替――〇〇一七〇―一―一八四一七三

装　釘――戸田勝久

印刷所――日本ハイコム㈱

製本所――㈱松岳社

定　価――本体二七〇〇円＋税

ISBN978-4-7814-1319-8 C0092 ¥2700E